LOUIS GUÉRAN

# La Jeunesse

## DÉDIÉ À EMILE ZOLA

*Prix : 0 fr. 25*

ANNONAY
Imprimerie et Lithographie J. Royer,
11, Rue Recluzière, 11

1898

# LOUIS GUÉTANT

# La Jeunesse

## Dédié a EMILE ZOLA

*Prix : o fr. 25*

ANNONAY
Imprimerie et Lithographie J. ROYER
11, Rue Recluzière, 11
1898

# LA JEUNESSE

*Dédié à Emile ZOLA*

— ◦◦ —

Il y a jeunesse et jeunesse. Lorsque M. Gabriel Monod fut mis en demeure d'exprimer son sentiment sur la culpabilité d'Alfred Dreyfus, il le fit loyalement, dit dans une très noble lettre sa première conviction de la culpabilité du condamné, (bien qu'on en ait caché les motifs), puis son étonnement à la vue de ce même condamné, lequel subit haut le front, la protestation de son innocence sur les lèvres et la sérénité dans le regard, les formalités terribles de la dégradation et les insultes d'une foule ivre d'inepte colère ; ce spectacle faisant, en sa pensée, naître un doute moral qui le prédisposait à une enquête, et celle-ci l'amenant à reconnaître l'irréprochable moralité (fait assez exceptionnel dans son milieu) du condamné et de toute sa famille ; puis enfin la découverte de la fausseté du document sur lequel reposait le verdict de condamnation, d'où sa conviction éclairée que ce jugement était une nouvelle et déplorable erreur judiciaire, si même les ténèbres du huit-clos ne cachaient l'une des plus effroyables iniquités du siècle.

Naturellement, cette parole honnête et digne mit toute la meute des courageux aboyeurs à ses trousses. Il serait oiseux de relever leurs immondes injures. Mais les élèves de l'Ecole normale qui connaissaient l'homme le vengèrent de reste en lui envoyant à l'unanimité et librement l'expression de leur respect et de leur estime.

Cette jeunesse-là est humaine, elle n'est ni châtrée de conscience, ni embrigadée sous l'étendard de Rodin, ni tartuffée. Ce n'est pas à elle que la lettre de Zola s'adresse, ni ma réponse non plus (1).

C'est à celle qui déambule dans les rues en insultant les filles d'ouvriers, à celle qui subit lâchement les brimades et les fait non moins lâchement subir dans ses écoles de Saint-Cyr, de Polytechnique et d'ailleurs, à cette jeunesse, grâce à laquelle une jeune fille ne peut pas voyager seule en France et y être respectée comme elle l'est en Angleterre, aux Etats-Unis, en Suisse, en Allemagne. A celle-là vous dites, ô maître écrivain :

« Où allez-vous jeunes gens, où allez-vous, étudiants qui courez en bande par les rues, manifestant au nom de vos colères et de vos enthousiasmes, éprouvant l'impérieux besoin de jeter publiquement le cri de vos consciences indignées. »

Quand donc, où donc avez-vous vu, M. Zola, des bandes d'étudiants manifestant pour jeter le cri de leur conscience indignée ?

Vous, qui avez tant compulsé des documents humains et qui, d'ordinaire, n'avez choisi ni les meilleurs ni les plus propres, mais souvent les pires pour les généraliser et leur faire produire ces œuvres : *l'Assommoir* qui est une peinture poussée au noir et au laid de la classe ouvrière ; *la Terre*

---

(1) Pas davantage aux auteurs de la noble lettre ouverte à Emile Zola, MM. Babut, Barbier, Gœpp, etc.

qui est une calomnie du paysan, etc., vous n'avez point compulsé de ces documents qui ne sont pas des exceptions, ceux-ci, mais qui abondent dans les rangs de notre sélecte jeunesse comme les bactéries dans une eau morte et qui atteste que son éducation mi-partie jésuite, mi-partie militaire, lui a complètement vidé la cervelle et le cœur ?

« Où allez-vous ? à l'humanité, à la vérité, à la justice. » Comment pourraient-ils y aller, eux qui presque tous se disposent à se faire un sort en dehors du droit commun, en dehors de la justice, en dehors de la vérité, en dehors de l'humanité, sur laquelle ils vivront, exploitant les mauvaises passions d'égoïsme et de lâcheté : ignorance, jalousie et dureté ; eux qui seront les colonnes de l'iniquité sociale ; eux qui se feront nourrir, vêtir, loger par les travailleurs qu'ils asserviront d'esprit et de corps ; qu'ils exploiteront et mépriseront !

De leur monôme fait pour jeter « le cri de leur conscience indignée » je les ai vus entourer une pauvre jeune fille et s'ébaudir de sa confusion ! Je les ai vus passer auprès d'un cercueil pauvre que n'accompagnait aucun prêtre et ne pas se découvrir ! Je les ai vus, les membres de cette sélecte jeunesse, entrer dans le domicile privé d'un travailleur, où se trouvaient des femmes, et garder insolemment leur chapeau, haut de forme, sur la tête. Je les ai vus s'essayer courageusement à cracher du haut de nos ponts sur une vaillante femme qui conduisait la remorque des bateaux sur le Rhône ! Ne respecter ni le travail, ni la pauvreté, ni la mort, voilà son tact et sa politesse, son état d'âme et de cœur.

Où donc avez-vous vu qu'ils aient pris, ces fils de bourgeois, corrupteurs des filles d'ouvriers, parti pour le faible, pour l'opprimé, pour la justice, pour le droit, pour quelque chose de noble et de pur, de haut et de fin ? Quand donc ont-ils dit : « Nous qui voudrons trouver la virginité chez notre compagne, nous respecterons la fille du pauvre, car elle a droit par elle-même à la pureté, et elle sera la femme de notre frère ?.»

Où donc, et quand donc, cette jeunesse a-t-elle protesté contre une iniquité qui devait lui profiter ? Nos armes, en vertu de la plus lâche et de la plus criminelle des convoitises, sont allées, à Madagascar, assassiner un peuple enfant qui avait, tout autant que nous-mêmes, le droit d'être libre, d'être maître chez lui et de posséder la terre que lui avaient léguée ses ancêtres et qui l'a toujours, imprescriptible et entier, ce droit ; nous l'avons spolié indignement, et lâchement assassiné ; en guise de civilisation, nous lui avons porté l'asservissement, le jésuitisme, la prostitution (1), tous les vices. Nous avons crié: Liberté et nous l'avons réduit à la pire des servitudes, nous avons crié: Justice et nous lui avons volé son sol, ses droits et ses richesses. C'est ici un crime autrement criant encore que l'erreur judiciaire qui n'atteint qu'un malheureux, autrement criant et autrement honteux. Nommez-moi donc la protestation qui s'est élevée dans les rangs de cette sélecte jeunesse si amoureusement cajolée ?

Vous demandez, ô Zola, qu'elle aille à la vérité. Mais dès le berceau elle est émasculée de libre jugement, de noblesse de cœur, de courage et de conscience ; mais elle est imbue et nourrie de mensonges : mensonges politi-

---

(1) « Depuis le triomphe des Vasahas, la prostitution a *vingluplé* à Madagascar. Si cela continue, avant peu nous aurons achevé de *pourrir* la femme malgache. »

ques, mensonges patriotiques, mensonges religieux. Il ne
lui est pas dit un mot de vraie et pure vérité. Ses éduca-
teurs et maîtres lui enseignent que ce qui est mal pour autrui est bien pour nous. Nous, nous avons le droit de
déclarer la guerre à notre voisin, espérant d'après les
bouffées de notre superbe, l'écraser facilement et lui ravir
telle part de son sol qui nous convient et que nous convoi-
tons, en le rançonnant pour prix de sa résistance ; mais si
les faits trompent notre attente, si ce peuple repousse notre
insistante agression et reprend en vertu de sa victoire et en
nous appliquant la loi que nous avions faite nous-mêmes la
part que jadis nous lui avions extorquée ; alors il sera digne d'une éternelle exécration et nous entasserons inlassa-
blement, une vie d'homme durant, les mensonges sur les
calomnies pour justifier notre rancœur et maintenir vivace
la haine, mère de l'oppression ; nous cultiverons dans la
serre chaude du mensonge la plante de jalousie sur laquelle
seront greffées les inutiles et nuisibles existences.

Nous sommes patriotes irréductibles, mais si, sur la
terre d'Afrique, un citoyen veut défendre la liberté, le
droit de son pays, nous l'attachons au poteau d'exécution
et les balles de nos fusils déshonorés versent lâchement
son sang ! — Toute plume qui veut faire œuvre lue doit se
tremper dans le venin de la calomnie ou verser dans l'adu-
lation. Hors du mensonge, point de salut ! — Monsieur de
Rodays vient encore de nous le dire : Il faut hurler avec
les loups, ramper avec les reptiles, fuir la lumière avec les
hiboux. (1) Dans la société qui règne il n'y a point de

(1) « Puisque je n'ai pas *toute* l'opinion publique pour moi, je dois
abandonner une cause où je risquerais de perdre pour un moment l'estime d'amis que m'ont donnés trente ans de bon et honnête journalisme ! »
*Figaro* du 18 décembre 1897.

place pour cette indisciplinée, la Conscience, qui risque d'être seule ; au sein de la nuit qui abrite la malfaisance le rayon de lumière est une trahison. Debout sur sa condamnation au bagne, Alphonse Humbert l'a clamé en fausset : « Les jugements des hommes ne se trompent jamais ; pressentir que ce que l'on dissimule dans les irrégularités d'une procédure illégale n'est pas œuvre de bonne et loyale justice, c'est être déjà coupable et digne d'aller peupler les îles du Salut. » ! Anathème à l'intelligence et à la pitié ! au pilori la libre vérité ! Ne jurons, nous, fils loyaux de la Révolution, que par les insanités des Drumond, des Judet et des Millevoye ! Comme ils sont l'impudeur et le mensonge faits homme ; comme ils nous livrent à la dérision de tout ce qui sait penser et voir dans le monde ; comme ils ont renié toutes les généreuses aspirations de notre âme nationale, ils peuvent se dire patriotes ! Nous sommes assurés qu'à la seule condition que nous fassions mentir toutes les espérances que les opprimés avaient mises en nous ; à la seule condition que, sous notre devise de liberté et d'égalité, nous semions la servitude et la corruption sur la terre ; à la condition que nous ayons renié l'honnêteté et la justice, la droiture et l'honneur, ils seront nôtres et nous applaudiront.

Mais revenons à notre sélecte jeunesse. Il y aura parmi elle des docteurs, et ceux-ci, de leur scapel, profaneront tous les cadavres que la misère après les longues douleurs et les angoisses de la vie leur livreront sur les lits des hospices ! Il y aura des magistrats, et les jugements qu'ils édicteront seront dans une large mesure pour condamner le droit éternel qui oserait s'affirmer et pour appliquer les formules de l'iniquité codifiée ! Il y aura des officiers.......

n'en parlons pas. — Leurs hauts faits seront la vaillante condamnation à mort de malheureux qui se sont cru encore hommes sous l'uniforme (hommes en face d'autres hommes) leur effort sera l'enseignement systématique du meurtre obligatoire, de la complicité d'assassinat en vue d'étendre la tyrannie, la spoliation des faibles et la pire misère sur la terre ; en vue de faire chez autrui ce que pour rien au monde nous ne voudrions qui soit fait chez nous !.... Passons.

Votre sélecte et chevaleresque jeunesse ! mais vous vous souvenez comment elle accueillit une femme parlant contre la vivisection, avec des miaulements, des aboiements douloureux, imitant, en grande liesse, la clameur qui remplit le laboratoire lorsque cette inutile abomination y est pratiquée ! Elle feint d'adorer le martyr galiléen mais elle est héritière de l'esprit des Caïphe et Ponce-Pilate, elle est fille des pharisiens qui crucifièrent Jésus et, de même qu'elle défile dans nos rues en acclamant l'iniquité et en demandant du sang, (1) elle enverrait ses félicitations respectueuses à l'autorité qui fermât par la mort la bouche à ce dangereux perturbateur qui semait la sédition avec des paroles d'espérance et de justice divine chez le populaire de Judée : ce

---

(1) Conspuez Zola ! *Fusillez Dreyfus !* A bas les Juifs ! Crièrent en chœur et tout en renversant un tramway, en traversant des magasins une bande de cinq cents étudiants à Toulouse. — Vive l'armée ; à mort les Juifs, clament-ils partout : à Paris, à Marseille, à Lyon. — Que leurs cris percent le cœur de la malheureuse femme qui pleure et lutte héroïquement depuis trois ans, cette *noble* jeunesse n'en a cure, si même ce n'est une excitation de plus à son zèle. (Dans ces mêmes parages de Toulouse les croisés catholiques regardaient, il y a sept siècles, brûler les martyrs albigeois avec une *joie infinie*, au dire de leur propre chroniqueur. Les mêmes doctrines à mille ans de distance produisent les mêmes faits !

vagabond qui se disait fils de Dieu et qui n'avait pas une pierre où reposer sa tête ! ce docteur sans diplôme qui guérissait en exerçant illégalement la médecine ! Héritière de Caïphe et de Ponce-Pilate, fille des pharisiens, cette sélecte jeunesse qui met à sa boutonnière « Christ et Liberté » crierait à l'heure d'aujourd'hui comme ont crié ses ancêtres il y a dix-huit siècles au Fils de l'Homme flagellé : Crucifie-le ! — Christ et Liberté ! mais c'est le retour aux temps d'oppression maudite qu'elle rêve, aux temps où, jusqu'au tréfond de l'âme, la pensée était opprimée par des doctrines de terreur et de servitude ; aux temps où la glorieuse armée des ancêtres d'Orléans faisait les dragonnades dans les Cévennes, enchaînait les protestataires sur les galères du Grand roi pour les y faire agoniser et souffrir jusqu'à la mort ! aux temps où les massacres d'Arménie se passaient sous elle dans les vallées vaudoises ! — Ah ! oui, l'honneur de cette ancienne armée est quelque chose d'inattaquable parce que cela n'a jamais existé. Mais enfin admirez-le donc « fourrageant à la française » c'est-à-dire brûlant de fond en comble et deux fois le Palatinat et ses quatre cents bourgs, villes ou villages, violant jusqu'aux sépultures pour y voler la dépouille des morts ! Cet honneur Galliéni l'a un peu retrouvé à Madagascar : Là-bas aussi les sépultures ont été violées et l'on a *fourragé à la française*, tout comme au temps du maréchal de Richelieu et de Soubise.

Ce sont ces choses qu'elle applaudit et ces temps qu'elle espère voir revenir, notre sélecte jeunesse. — Christ et Liberté comme au temps de Simon de Montfort, comme au temps où l'église d'Orfa était l'église de la Madeleine à Béziers, où l'Arménie était le Languedoc ; comme au temps

de la Saint-Barthélemy, et comme au temps où les enfants
étaient arrachés à leurs mères protestantes pour être élevés
dans les couvents catholiques sous la garde des suppôts de
la Maintenon ; comme au temps où les mères, qui criaient
leur désolation étaient enfermées à Aigues-Mortes dans la
tour de Constance. Cette jeunesse peut bien être la fille de
la casuistique romaine mais elle ne l'est ni de la vérité, ni du
Christ. Et, si celui-ci revenait, pour le voir fustiger, cou-
ronner d'épines et crucifier, elle reformerait joyeusement,
allègrement ses monômes, gesticulant comme un pantin
dont la fatuité tire les ficelles et déclarant entre deux re-
frains ineptes, qu'en plus d'une nécessité politique et d'un
utile exemple, c'est une intéressante et instructive expé-
rience de vivisection ! Cette jeunesse, quelques siècles plus
tôt, elle eût crié, faisant sa cour au Peuple-Roi : « Les chré-
tiens aux lions ! » et trouvé que la fête était superbe,
éclairée par les torches vivantes des corps de ces contemp-
teurs de l'ordre social qui s'en allaient, répétant que celui
que la double autorité judéo-romaine avait justement et
légalement condamné, c'était un Dieu ! Le Fils de
Dieu !

Votre étonnement me surprend, ô Zola, que cette jeunesse conspue le nom de Scheurer-Kestner. Mais quoi ! cet
homme a cru qu'il n'y avait qu'une chose nécessaire : la
pratique de la justice, et que l'honneur ne demandait pas
le maintien de l'iniquité mais bien sa réparation. C'est
vouloir le scandale cela, car c'est risquer de révéler des
choses qu'il faut taire, c'est mettre la vérité, la justice et
la conscience au-dessus des intrigues et du parti-pris, c'est
forcer le mensonge à se lever, c'est déranger les calculs et
les digestions, c'est risquer de démasquer des intrigues cent

fois criminelles et viles. Conspuer Scheurer-Kestner ! mais c'est logique ! cet homme est respectable et probe, respectable par son œuvre et par sa vie. La bande des fourbes a donc bien le droit de dire que c'est un traître. On ne peut pas seulement lui faire endosser une iniquité sans qu'il risque de se révolter. Haro ! haro ! sur lui et sur quiconque lui ressemble.

Lève-toi, sélecte jeunesse, enrégimentée par les Drumont, les Delahaye, les Rochefort, par les paillasses et les Jésuites ; proclame ta soumission envers une église qui te dispensera de penser, et qui partout où elle a été triomphante a été la honte et la douleur de l'humanité ; forme tes monômes et acclame les Torquemada, les Escobard, les Borgias, les Louvois, les Galliffet, les Weyler, les Galliéni ; feins de ne pas voir, ce qui crève les yeux, que c'est le catholiscisme qui opprime la conscience et la raison, que ce sont ses représentants qui oppriment le paysan et l'ouvrier en France et le tiennent sous leur coupe. Dis et clame que c'est la Franc-Maçonnerie ! Pousse avec les Delahaye (1) et les Chagny de toutes les forces de ta générosité et de tout ton courage juvénile au massacre des minorités. Déjà d'ici, de là, tes vaillants désirs ont reçu un commencement d'exécution. Atteste chevaleresquement que pour les faibles il n'y a point de droit, ni au dehors, ni au dedans, ni à Tananarive, et au Betsiléo, ni, si c'est possible, à Paris. Mais dis en t'agenouillant devant la férule de Basile, devant le sceptre

---

(1) « Il faut que Mathieu Dreyfus, après Alfred Dreyfus, reçoive son châtiment de la justice, si l'on ne veut pas qu'un jour de colère, un jour prochain peut-être, tous les Juifs soient lynchés, dans nos rues, comme le sont les voleurs dans les ranchos du Far-West ou dans les mines du Colorado et du Montana. » *Libre Parole* du 11 décembre 1897.

de Nicolas et le knout de Mouravieff : « Ton règne vienne sur toute la terre et ta puissance s'étende sous tous les cieux ! »

L'esprit de vérité ne te connaîtra pas, mais tu ne le connais pas non plus. Ecris sur ta bannière : « La France aux Français », mais sous-entends que pour être Français, il ne faut avoir ni os qui nous tiennent debout devant l'absurdité et l'arrogance, ni probité dans l'intelligence, ni pitié dans le cœur, ni lumière dans la conscience (ce sont là choses suspectes et qui sentent le fagot), qu'il ne faut point se souvenir du passé et ne point voir l'avenir. Proclame bien haut qu'il n'y a de Français que ceux que recouvrent à la fois le manteau de Tartuffe et le dolman de Ramollot. Afin de pouvoir te dire patriote, fais de la patrie, la profanatrice de toutes les pudeurs, la spoliatrice de tous les droits, le sauveur de tous les abus, l'abri sacro-saint des dols et des turpitudes ; fais-en un Moloch qui dévore les patries des autres et qui tue ses propres enfants, qui supplicie chez elle l'intelligence et le courage, qui parle d'honneur et qui tue ce qui est l'honneur de la vie : la responsabilité, Que partout où le sang innocent a été répandu, depuis celui du simple soldat dont une juste indignation lui a fait repousser l'outrage lâche d'un galonné, jusqu'à celui du vaillant qui a défendu le sol sacré de sa patrie convoitée et le droit des siens : que partout le crime soit couvert par le drapeau de la patrie ; abritez derrière lui les faux jugements et le faux honneur, et proclamez comme des ennemis nationaux, dignes de Cayenne, ceux qui n'admirent point ces spoliations, ces assassinats, ces vols et ces mensonges, qui pensent que le droit d'autrui vaut le nôtre et que c'est injustice et trahison que de le violer. Oublie tout cela

ou si tu t'en souviens, malgré toi, feins de l'oublier. Feins
de croire aux dogmes absurdes d'une église qui se dit infail-
lible et qui a persécuté et proscrit toutes les vérités, qui a
couvert la terre d'indignes superstitions et l'a noyée de sang
innocent. Feins de croire aux secrets d'état que les Judet-
Judas proclament « invisibles parce qu'innaccessibles ».
Feins de croire que les vessies sont des lanternes et que
les Drumont qui acquièrent des châteaux à Paris et des clos
en Champagne sont des apôtres. Feins de croire que l'on
ne peut pas défendre la Justice par conscience et que la
pitié du cœur est payée par *l'or juif* ; sème la gangrène qui
pourrit les racines de la vertu en tuant par le militarisme la
dignité humaine et le sentiment de la responsabilité person-
nelle ; feins d'adorer le Dieu qui a dit : « Tn ne tueras pas »
et enseigne à tous la tuerie obligatoire !

Attèle-toi, jeunesse bourgeoise, à tous les despotismes,
car eux seuls pourront sauver ce pourquoi et par quoi tu vis,
l'injustice et le privilège ! Encense la Russie qui a martyrisé
la Pologne et vingt autres peuples auxquels elle a volé la
liberté et l'autonomie. Encense l'Espagne qui a noyé l'Amé-
rique dans des flots de sang, qui fut le bras droit de l'Inquisition et qui vient d'assassiner Rizal aux Philippines et
Macéo à Cuba ; elle qui procéda au huis-clos de Montjuich,
pour excuser celui du Cherche-Midi. Attèle-toi à l'oppression et à la superstition ; ainsi tu maintiendras le règne des
tiens, puisqu'il est entendu que tu veux être avec les lâches
et les spoliateurs et tu pourras dormir sur tes deux oreilles,
assurée que le sépulcre de cette grande abominée : la Vérité
est bien fermé et que cette insoumise haïe : la Justice ne
viendra pas troubler tes honnêtes digestions.

Conspuez Zola, conspuez Scheurer ; conspuez l'intelligence ! conspuez l'honneur ! A bas la lumière ! à bas la pitié ! Des ténèbres et du sang !

Revivez, revivez ! jours regrettés où dans les pieuses ténèbres des cachots de la sainte inquisition la main lascive des moines ignares déshabillait ses victimes et les torturait à mort !

Revivez temps regrettés où la superstition féroce brisait les os de l'innocence et baillonnait, sous la cagoule orthodoxe la voix désesperée de la justice et de la vérité !

Le progrès a marché aujourd'hui et l'on peut espérer triompher de cette révoltée, invincible jadis : la conscience. L'obéissance passive commandée par le militarisme sera un puissant et souverain appui aux forces de ténèbres et d'oppression. La mitrailleuse perfectionnée soutiendra de ses merveilleux projectiles les arguments insuffisants peut-être des docteurs de mensonge. Jeunesse, fille de Néron, de Judas et des pharisiens espère et réjouis-toi : l'humanité n'est pas encore prête de saluer l'aurore de la délivrance et le Fils de l'homme n'est pas prêt d'être décloué de la croix où ses ancêtres, représentant l'ordre établi et l'autorité, l'ont crucifié !

Louis GUÉTANT

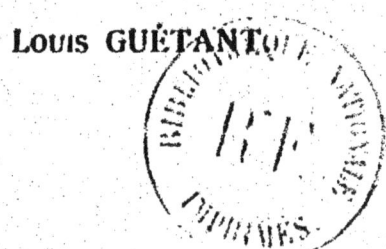